मन की
भावनायें

देवेंद्र यादव

First Published in January 2022

ISBN: 978-93-5472-910-2

BLUEROSE PUBLISHERS

www.bluerosepublishers.com

info@bluerosepublishers.com

+91 8882 898 898

Cover Design:

Geetika Kandari

Typographic Design:

Namrata Saini

Distributed by: BlueRose, Amazon, Flipkart

(1)

जिंदगी का एक टुकड़ा कम सा लगता है
हिस्से नही लगाये यूं तो मैंने
पर अब जब, जोड़कर देखता हूं,
तो पूरा चेहरा नही बनता।

पहले रातें मेरी, साँस लेती थीं
अब मुर्झायी पत्तियों सी पड़ी रहती हैं
शामें, बातें किया करती थीं मुझसे
अब मुँह फेरे- नाराज़ सी रहती हैं ।

पहले उगता सूरज अक्सर राहों में मिल जाता था
अब ये आखें खुले आसमाँ तक पहुंचती ही नही
वो एक दरिया जो इन आँखों पे ठहरा था कभी
आज वहां उनके जमें हुए टुकड़े भी नही।

जिंदगी का एक टुकड़ा कम सा नही
जिंदगी ही कम सी लग रही है।

वो एहसास, ज़ज्बात, हालात, मेरे दिन- रात
सब खो गए, मुझसे दूर हो गये
मुझे छोड़कर मत जाओ, लौट आओ
मैं धड़कना भूल गया हूं, तड़पना भूल गया हूं।

कल गौर से देखा आईना तो
चेहरा, जाना- पहचाना भी नही लगा
मुझे जिंदगी का वो साया,
फिर से अपने साथ चाहिए---
ये धूप नही, ये धूप नही........

(2)

अपनी ही आग में जल रहा हूं
गहरी ठीस है, जिसमे पल रहा हूं
ये सैलाब मुझे बहा न ले जाये
अपने ही आसुओं में पिघल रहा हूं।

ज़िंदगी बहुत ज्यादा लगती है
एक रात जिसकी सुबह नही
नींद पास बैठी है खामोश
जाग रहा हू पर कोई वज़ह नही।

कोई हमदर्द नही
जिससे बात कह सके
मीलों सफर ही सफर है
कोई नही जिसके साथ रह सके!

खुशियाँ नही खरीद पा रहा हूं
कितना गरीब हूं
तन हल्का, मन बहुत भारी है
कितना अजीब हूं।

चाहत नही कोई, कोई अरमाँ नही
ज़माने की भीड़ में,एक अपना मिला नही
ये सासों का कर्ज कब तक चुकाऊँ
तन्हाईओं से भी अब कोई गिला नही।

फर्ज जकड़े हुए है पैरों को
ये जहां बेगाना लगता है
कोई लिखी मिटाने का रबर ला दो
अपना अतीत एक अफ़साना लगता है ।

ग़म की नुमाइश लगा दूँ
देखने वालों का तांता लग जायेगा
कोई ठीक से हाल ही पूछ लेता
किसी का क्या घट जायेगा।

जीने का कोई मक़सद नही है
जहाँ सुकूं मिले, ऐसी जगह नही है
मैंने क्यूँ डोर पकड़ रखी है,नातों की
खींचों तो खुल जाये, एक सिरा भी बंधा नही।

कहां जाऊँ, डूब जाऊँ या बह जाऊँ
भीड़ में गुम जाऊँ या भीड़ ही बन जाऊँ
वफा की छाँव ढूँढते-ढूँढते
इस रेगिस्तान में और कितनी दूर जाऊँ।

(3)

जिंदगी में लोगों की एहमियत बदल जाती है
वक़्त बदलता है, कीमत बदल जाती है।

जो पास होते हैं हमारे, रहे खास होते हैं कभी
वो दूर चले जाते हैं, याद भी नही आते कभी।

जिनके साथ एक रिश्ता जिया होता है
सुख-दुख, हसीं, आसु साझा किया होता है
वो, बेगाने से हो जाते हैं
गुजरे ज़माने से हो जाते हैं
टूटे पैमाने से हो जाते हैं ।

तो सवाल ये उठता है कि, हमदम कौन है
जीवन की राहों में हमकदम ,कौन है ।

तजुर्बे कुछ और ही कहते हैं
दोस्त, मीत- प्रीत, गीत और संगीत
उम्र के साथ बदलते रहते हैं
जो सच्चे हैं, साथ चलते रहते हैं ।

जो वक़्त के साथ बदल जाए
जरूरतों के हिसाब से ढ़ल जाए
वो रिश्ता सच्चा नही
जो मतलब के बाज़ार में चल जाए ।

लोग जीवन में मौसम की तरह आते भी हैं
पतझड़ की तरह जाते भी हैं ।

सिवाय यादों के कुछ साथ नही रह जाता
उम्र के बहाव में, एक तजुर्बा ही है ठहरता ।

(4)

जिस कोरोना काल में
लोगों की आवाज नही निकल रही
वहीँ पर लोग ,जुबां केसरी बोल रहे हैं
यहां लोग जिंदगी-मौत के बीच झूल रहे हैं
वहीँ हमारे देश में लोग IPL खेल रहे हैं
राधे- राधे गूंजने वाले मंदिरों में, सन्नाटे पसरे हैं
वहीँ नेट पर राधे के trailer झूम रहे हैं।

पैसे कमाने वालों को कोई फर्क़ नही पड़ता
सरकार का चुनाव से ही है कद बढ़ता
आम आदमी रो-रोकर जीता, घुट- घुटकर मरता ।

बहुत पेड़ काटे थे, अब oxygen की कमी भी देखो
बहुत हवा में उड़ लिये ,अब थोड़ी सी ज़मी भी देखो
बहुत रंगीनियाँ देखीं अब आखों की नमी भी देखो।

इसलिये सिर्फ पैसा कमाते हैं
स्वास्थ हर हद तक गिराते हैं
घरों से ज्यादा बाहर खाते हैं
विदेशी सभ्यता अपनाते हैं
झूठे विज्ञापनों में फंस जाते हैं
अमीर को और अमीर बनाते हैं
खुद लापरवाही बरतते हैं
दोषी सरकार को ठहराते हैं ।

इस मौत की आँधी में, कितने घर बचेंगे
कितनों की आँगन सूनी होगी
कितनों के सर से साये छिनेंगे
भगवान हमें हिम्मत देना
घुटने न टेकें ,जब तक भी लड़ेंगे
जो जिंदा बच गए, तो कोशिश करेंगे
जो गलतियां की हैं, उनकी भरपाई करेंगे।

(5)

कितने निर्दयी, क्रूर हैं हम
एहसासों से कितनी दूर हैं हम
हे भगवान! हमें जल्लाद से इंसान बना दो
मुर्दा हैं दिल, जिंदा जरूर हैं हम।

पक्षियों की उड़ान कैद कर
कौन सा आसमाँ मिलेगा हमें
मासूम जानवरों को मारकर,
उधेड़ कर - जिस्म बेचकर
कितना नफा मिलेगा हमें।

कुदरत ने ये ज़मी,
सबके लिये बनायी है
सिर्फ हमने ही हथियायी है
कितनों की चुराई है
फिर भी काफी नहीं हुई तो,
जंगलों में आग लगायी है।

हमने केवल दोहन सीखा
रवैया, जोंक सरीखा है
गहराता हुआ वर्तमान है जो
भविष्य का कुंआ, वो सूखा है।

आखों में उतरा दर्द क्यूँ दिखता नहीं
किसी की तकलीफ पर, क्यूँ चुभता नहीं
घुटन हर एक की, एक जैसी होती है
किसी और के लहू पर, क्यूँ दुखता नहीं।

जानवरों को फक्र,होगा खुद पर
इंसान है सबसे बुरा जानवर
हमारी दया के वारिस होते हैं
और जुल्म का अधिकार सबपर ।

एक जीव की हत्या कर
उसकी ख़ाल पकाकर
दांतों तले चबाना ,
ये किस धर्म में लिखा है
जिन्दा को मारकर खाना।

बंद करो ये वहशीपन
पहचानो खुद को, क्या है जीवन
हम सबके लिये, इसी धरती ने
पर्याप्त दिया है शाकाहार भोजन।

(6)

एक नया संकल्प लें
नए वर्ष में प्रवेश करें
सौहार्द के बीज बोए
किसी से, न ईर्ष्या-द्वेष करें।

बहुत सी चोटें खायी गत वर्ष
विषम परिस्थितियों से गुजरे हम
अविश्वसनीय-अकल्पनीय घटते देखा
देखा, कुदरत के आगे झुकते हम।

मशीनों को रुक जाते देखा
सड़कों को सुस्ताते देखा
नदियों में निर्मल जल देखा
धुएँ से छटता कल देखा
धरती, साँस लेते देखी
दुनिया शांति ओढ़ते देखी
लोगों को मीलों चलते देखा
हवा में मौत, पलते देखा
और देखा बहुत कुछ, पर छोड़ो
क्या सीखा, गलतियों से- गौर करो।

मनुष्य के काम मनुष्य ही आएगा
अन्यथा व्यर्थ है- व्यर्थ ही जाएगा
वसुधा हम सबकी माता है, सम्मान करो
इसे न कोई हानि पहुंचे, ध्यान रखो।

कुदरत की एक हल्की सी करवट
गहरी-गंभीर चेतावनी है
इसके संतुलन को बनाए रखें
इसी में हमारी बेहतरी है ।

तो आओ एक संकल्प लें
अपनी सीमाएँ न लाँघेंगे
जैसा गत वर्ष बीता है
ऐसा कल न आने देंगे।

नये वर्ष को- नये ढंग से- नयी ओर ले जाएंगे ।
अतीत में की गई भूलों को, भविष्य में न दोहराएंगे ।।

ये नया संकल्प होगा
करुणामय हर संबंध होगा
हम प्रकृति से अलग नहीं हैं
संरक्षण एक मात्र प्रबंध होगा।

(7)

तरीक़ों में इतनी पेचीदगी है, मगर
लफ्जों में जरा भी संजीदगी नही

खुद को इंसा बताते हैं
खुद को इंसा बताते हैं,मगर
जानवरों जितना भी सबर नही।
और ये मौत का सौदा करते हैं
इन्हें जिंदगी की भी कदर नही। ।

काश आईना सीरत भी दिखाता
काश आईना सीरत भी दिखाता ,
इंसा खुद को संवारने की कोशिश तो करता।
और कितना बटोर लूँ मैं इस जहां से
और ,कितना बटोर लूँ मैं इस जहां से
की बजाय, कुछ देने की फितरत तो रखता। ।

मैं कहीं और का बाशिंदा नही हूं
मैं ,कहीं और का बाशिंदा नही हूं
मगर कोई पहचानने की जहमत तो करता।
अब क्या बताऊँ मैं लोगों को बाहर जाकर
अब क्या बताऊँ मैं लोगों को ,बाहर जाकर
यहां तो बेटा ही बाप की खिदमत नही करता।।

सड़क पर रोते एक बच्चे को देखकर, दिल पसीजता नही
सड़क पर रोते -एक बच्चे को देखकर, दिल पसीजता नही
उसकी ओर जाने को दिल खींचता नही ।
मतलबों की इतनी तहें चढ़ा ली हैं, हमने इस पर
अपने लहू को भी अब ये, ममता से सींचता नही। ।

काश अगली पीढ़ी बिना दिलों के पैदा होती
ताकि उन्हें दर्द का एहसास ही न होता ।
सब अपनी मनमानी करते, अपने मे जीते
बच्चों की करतूत देखकर कोई पिता न रोता ।।

जिंदगी के मायने तब हैं हांसिल होते,
जब औरों के लिए जीते और खुद के लिए मरते

औरों के लिए जीते और खुद के लिए मरते ।

(8)

:::::::: तुम्हारी तरह ::::::::

आजकल शाम सिंदूरी लगती है
तुम्हारे माथे की तरह
गुलाबी सुबह, मुलायम लगती है
तुम्हारे गालों की तरह
हल्की ठंडी हवा ,गुदगुदाती है
तुम्हारी अंगुलियों की तरह

ये नवंबर का महीना ,और तुम्हारा न होना
मेरे ज़स्बातों को पिघलाते हैं।

अब रातें घनी और लंबी लगती हैं
तुम्हारी जुल्फों की तरह
तुम्हारी यादें मुझे अक्सर थाम लेती हैं
तुम्हारे कांधे की तरह
धूप की गरमाहट अच्छी लगती है
तुम्हारे बाहों की तरह

ये नवंबर का महीना ,और तुम्हारा न होना
एक खालीपन दे जाती है ।

दोपहर थोड़ी छोटी लगती है
तुम्हारी मुलाक़ातों की तरह
तुम्हारी तन्हाई बड़ी गहरी लगती है
तुम्हारी आखों की तरह
तुम्हें महसूस करता हूं खुद में
अपनी साँसों की तरह

ये नवंबर का महीना ,और तुम्हारा न होना
रंगीनियों को फीका कर जाते हैं ।

मेरे ख्वाब ढूंढ़ते हैं
तुम्हारी नींदो की पनाह
इस कमी ने मुझको बताया
तुम्हारे होने की वजह
मेरी जिंदगी में यू शामिल हो तुम
इबादत में आयत की तरह

ये नवंबर का महीना ,और तुम्हारा न होना
मुझे बेचैन कर जाते हैं।

(9)

सबसे बड़ा खतरा हम ही हैं

हमारे देश में कोई safe नही है
दिखते हैं जो, सच्चे face नही हैं
हम इंसानों ने कुछ भी नही छोडा
अनगिनत चीजों को तोड़ा- मारोड़ा
सबसे बड़ा खतरा हम ही हैं।

जब तक घर में हैं, महफूज हैं
बाहर ये दुनिया बड़ी ज़ालिम है
दरिन्दे घूमते हैं इंसानों की शक़्ल में
इंसानियत के मसीहा बड़े ही कम है
सबसे बड़ा खतरा ही हम हैं।

मौत के सौदागर हम
हैवानियत के नुमाइंदे
क़त्ले-आम रोज का काम
लहू को पैरों से मींजते ।

किसी को लूटकर जो पाओगे,
कहां ले जाओगे
किसी के खून से सनी रोटी,
हलक से उतार पाओगे
एक बेजुबान जानवर को मारकर क्या मिला ,
उसे वापस जिंदा कर पाओगे।

चोरी कर के जो पाया है
वो किसी और ने कमाया है
जो धोखे से तुमने छीना है
वो किसी और का खून-पसीना है।

जब किसी औरत का अपमान करते हो
तुम अपनी ही माँ को बदनाम करते हो
जब किसी मजलूम़ पर ज़ुल्म ढाते हो
तुम अपनी ही कब्र बनाते हो।

दम है, तो जिन्दगी की पहचान बनो
किसी यतीम लाचार का सम्मान बनो
तुम्हारी माँ ने एक इंसान जन्मा है
इंसानियत के सर का मान बनो।

पलट दो हवा, जो डर की बह रही है
बाहर भी बेफिक्र घूमे वो जनता
जो घरों में महफूज रह रही है
सीखो बेज़ुबान को भी प्यार करना,
एक माँ की परवरिश ये कह रही है।

लहू-लहू के काम आना चाहिए,
दान करो
मौत के सौदे मे जिंदगी नही मिलती,
बंद अभी ये काम करो
हैवानियत का नंगा नाच बहुत देख लिया
बची हुई जिंदगी भलाई में तमाम करो।

(10)

**** विरह *****

घर खाली - खाली लगता है
तुम बिन बहुत बडा लगता है
आलमारियों का एक हिस्सा,सूना हो गया है
वही नमक-वही मसाला-वही चूल्हा,
बस खाना बेस्वाद-फीका हो गया है।

बेड का आधा हिस्सा तकियों से भरा रहता है
घर का आधा हिस्सा तुम्हे तकता रहता है।

अब फ्रिज भरी सी नही रहती
T.V रोज नौ बजे नही चलती
तुम नही हो, शाम खूबसूरत नही लगती
अदरक के बिना चाय नही उबलती।

तुम चली तो गयी हो ,यहाँ नही हो
पर तुम्हारी कमी, यहीं रह गई है
इसे भी साथ ले जाती,
कढाई की खुशबू साथ ले गई हो
कूकर की सीटी यहीं रह गई है।

तसल्ली आसूॅं मे बह गयी
ये नदी तुम तक जाती है
आखें तुम्हे ढूंढती रहती हैं
पलके यादों में ले जाती है।

विरह बहुत टीसती है
तुम्हारी कमी मुझसे बात नही करती
अक्सर मुझे ये लगता है
तुम्हारी यादें मुझे हर पल हैं देखती।

तुमसे मेरी बनती नही है
पर तुम्हारे बिना दाल गलती नही है
ज़िंदगी एक भारी सामान लगती है
धक्का देता हूँ, पर चलती नही है।

तुम्हारी जो कमी है
मेरी आँखों की नमी है
शब्द बहुत हैं कहने को
कागज तो है,पर स्याही जमी है।

(11)

पिता*

हवा में उछाल कर बाहों में थामता है
अंगुली पकड़ कर चलना सिखाता है
जब जब गिरते हो,तुम्हें उठाता है
तुम्हें ढालने वाला साँचा, पिता कहलाता है।

जिसके कंधे चढ़कर दुनिया मेला लगती है
जिसके नाम की छांव हमारे साथ चलती है
जिसके न होने का एहसास, होने से ज्यादा लगता है
जिसके मेहनत के पसीने में,हमारी ख्वाहिशें पलती हैं।

वही पिता जो हमारे भविष्य की नींव रखता है
हमें चोट लगती है, वो हमारी हिम्मत बनता है
अपना नाम, दौलत, वक्त, हमें सब दे देता है
फिर क्यों वो अपना बुढापा, अकेले ही ढोता है।

पिता होते हैं जिनके, उनके सर पर छत होती है
किस्मत साथ हो न हो, पिता की ताकत साथ होती है
पिता के साथ बीता वक्त, किसी विद्यालय से कम नही
पिता की दी हिदायतें, कूबेर की दौलत से कम नही।

सारी उम्र जोड़ता है, एक पिता
अपनी बेटी का घर बसाने को
मां तो रोकर विदा कर लेती है,
पर पिता कैसे चुपचाप देखता है
अपनी नन्ही चिड़िया के उड़ जाने को।

पिता वो पेड़ है,जिसकी हम शाखायें हैं
हमें सींचने की खातिर, उन्हें मिलती बहुत सी बाधाएं हैं
पिता समग्र शक्ति है, अपने ही रक्त की भक्ति है
ब्रह्मा तुल्य निर्माण की, धरा पर निश्छल अभिव्यक्ति है।

(12)

तुम मुझपे ठहर जाओ।

कुछ तुम पिघल जाओ
कुछ हम पिघल जायें
आओ एक दूसरे में ढल जायें...

थोड़ा सा तुम इस ओर मुड जाओ
थोड़ा सा हम उस ओर बढ़ जायें
मिलकर एक मंजिल हो जायें...।

तुम मेरा दिन बन जाओ
मैं तुम्हारी रात बन जाऊं
तुम मेरी खामोशी बन जाओ
मैं तुम्हारी आवाज़ बन जाऊं

इस कदर पा लें ,एक-दूसरे को हम
तुम मेरी पहचान बन जाओ
मैं तुम्हारा नाम बन जाऊं।

अपनी आद़तों में मेरी आद़तें पिरो लो
मैं अपनी पलकों पे तुम्हारे सपनें सजा लूँ
तुम मेरी खुशियाँ अपना लो
मैं तुम्हारे ग़म गले लगा लूँ।

मैं तुम्हारा दिल बन जाऊं
तुम मेरी धड़कन बन जाओ
मैं तुम्हारी परछाई बन जाऊँ
तुम मेरा दर्पण बन जाओ।

तुम मेरी ज़मीं बन जाओ
मैं तुम्हारा आसमां बन जाऊं
तुम मुझपे ठहर जाओ
मैं तुम पे बिखर जाऊं।

लब्जों की जरुरत न पड़े हमें
एहसास आखों से बयां होने लगे
तुम मेरे खाब बन जाओ
मैं तुम्हारी हकीकत बन जाऊँ।

तुम लहरों की मौज़ सा जियो
मैं तुम्हारा किनारा बन जाऊँ
मैं तुम्हारी ज़िन्दगी बन जाऊँ
तुम मेरा सहारा बन जाओ।....

(13)

तुम्हें किसने रोका है।

तुम्हें किसने रोका है,
आज़ाद परिंदे सी उड़ान भरने को
बेखौफ होकर कुछ कर गुज़रने को
भट्टी मे तपकर सोने सा निखरने को
चट्टानों में दबकर भी हीरे सा चमकने को।

जो करना है वो करते जाओ
जिंदगी बहुत बड़ी नही है,
बार-बार मौके नही देती

पढना फिर कमाना,खाना और सो जाना
रोजमर्रा के कामों में पूरी ज़िंदगी बिताना
ज़िन्दगी कोई उधार नही है
कि पूरी उम्र ब्याज चुकाना।

जो तमन्नायें दिल में दबाये बैठे हो,वो कर गुज़रो
नाकाम़ी का सोचकर ,पीछे मत हटो

आखिर तुम्हें किसने रोका है
ये जो जवानी का सूरज, ढल जायेगा
लौटकर वो उजाला फिर न आयेगा
क्यूँ शाम का इंतज़ार करते हो
ये दोपहर छाँव में बेकार करते हो
बहता पसीना बहुत कुछ दे जायेगा
तो उठो, चलो खेतों की ओर फसल बोने
कुछ नया पाने, कुछ पुराना खोने।

तुम्हें किसने रोका है
नयी राहों में नये मंज़र मिलेंगे
नया हुनर खिलेगा, नये तजुर्बे मिलेंगे
एक ही धुन बजाओगे,तो
नया गीत कैसे सुन पाओगे।

यूं भी ज़िन्दगी, धारा है
चढ़ता-उतरता पारा है
किसी वीराने का पत्थर नही
लपटों से दहकता अंगारा है।

बह जाओ बांधों को तोडकर, क्यूँ रूके हो
बढ़ जाओ सब जरूरतें छोड़कर,
क्यूँ रूके हो
एक बार नज़रों से पार, देखो साकार
बासी ज़िन्दगी में ले आओ ,ताज़गी की फुहार।

तुम्हें किसने रोका है।.......

(15)

मैं नहीं जागूंगा।

मैं तब तक नहीं जागूंगा
जब तक नदियों का पानी मैला नही हो जाता
पीने का पानी, खत्म नही हो जाता
चिड़ियों का आखिरी झुंड मर नही जाता
दुनिया का हर जानवर कैद नही हो जाता।

क्योंकि मैं तो अपनी दुनिया में खोया हूँ,
मुझे कुछ नही दिख रहा

मैं तब तक नहीं जागूंगा
जब तक उगता सूरज आग न उगलने लगे
जंगलों के आखिरी इंच तक सीमेंट नही लग जाता
माँस खाते-खाते,
मैं पाषाण काल में नही पहुंच जाता।

मैं नहीं जागूंगा
जब तक दिलों में एक कतरा भी रहम का मौजूद है
जब तक इस धरती पर परमात्मा का वजूद है
जब तक सारे पेड़ कट नही जाते
जंगलों से लेकर रेगिस्तानों तक, इंसान बस नही जाते।

जब तक हम अरबों से खरबों तक न पहुंच जायें
चलने के लिए सड़कों पर जगह ही न रह जाये।

मैं नहीं जागूंगा,फिर चाहे
बारिश की बूंदो मे तेजाब बरसने लगे
ठंड ऐसी पडे कि हड्डियां जमने लगे
प्लास्टिक इतना बना लें कि हिमालय खडा हो जाये
धुआं इतना हो कि हवा में साँस ही न रह जाये।

मैं नहीं जागूंगा
तब जागकर भी क्या करुंगा
जब हम विलुप्ति के कगार पर होंगे
पूरी धरती को बंजर और बीमार कर चुके होंगे
विरासत में देने के लिए सिर्फ तबाही होगी
अपनी ही दुनिया जो हमने जलाई होगी।

मुझे फिक्र कहाँ है, जो मैं जागूँ
मुझे तो हवा-पानी सब मिल रहा है
चलने को ज़मीं उड़ने को आसमां है
खाने को जितना है, उतना ही फेंकने को
अभी तो खोने को बहुत कुछ पड़ा है।

(16)

<u>हमसफर मिल जाते हैं मगर</u>
हमदर्द नही मिलता
लोग जिक्र करते हैं मगर
कोई फिक्र नही करता।

आसूओं के घूट कब तक पीते रहें यूं
अपनो में तन्हा कब तक जीते रहें यूं।

ये एहसान-फरामोशी का दौर है
किसी से उम्मीद न रखीयेगा
दिल कोई तोड़ भी दे तो
किसी और से न कहीयेगा।

लोग आपमें अपना रिश्ता नही
अपना मतलब देखते हैं
आपका घर जले तो आपके अपने
पानी नही फेकते, हाथ सेकते हैं।

वक्त बदलता है तो
लोग पिछला सब भूल जाते हैं
दोस्ती-रिश्तेदारी, मदद-एहसान
दो बारिश में ही धुल जाते हैं।

लोग अतीत की यादों से अपने
भविष्य का आशियाँ नही सजाते हैं
अपने दिन बदलते ही लोग
अतीत को अतीत में दफनाते हैं।

सो किसी के लिए कुछ करो
तो कभी याद मत रखो
या तो फिर अपनी जिंदगी
को अपने तक ही समेटकर रखो।

(17)

अपनी तकदीर पर रोना छोड़ दीजिये
हर कमी की शिकायत करना छोड़ दीजिए
सिर्फ रोते रहने से कुछ हासिल न होगा
ग़लतियों से ज्यादा कोई क्या काबिल होगा ।

संजोना हमारी फितरत है तो
तजुर्बा सबसे उम्दा दौलत है
उम्र तमाम यूं ज़ायर न कीजिए
अपनी शख्सियत को एक आसमां दीजिए।

सुख की तलाश में भटकते रहने से क्या होगा
सुकून को आपका पता पूछने दीजिये
रिश्तों के रंगों का असर बड़ा गहरा है
इनसे महरूम जिंदगी को कोरा न छोड़िये

खुशियाँ बाँटिये,जो आपसे मिलता है
जिंदगी तो होली है, इसके रंगों से खेलिये
जैसे चढती है, वैसे ही गिरती है
वक्त की लहरों पर ज्यादा मत उछलिये।

औरों को कहना बहुत आसान है
खुद को उसकी जगह रखकर देखिये
सीखने के लिये खुद गिरना ज़रूरी नही
कदम बढ़ाने से पहले,जऱा गौर कीजिये ।

(18)

*मैं प्रवासी मज़दूर हूँ *

न जेब में पैसा है
न जीने का उम्मीद
न कोई साधन है
न खाने का कोई चीज़ ।

चलते-चलते पैरों में छाले पड़ गए हैं
रोटी कमाने निकले थे घर से,
अब पेट पर ताले पड़ गए हैं
किस्मत के उजाले भी,
बेबसी से काले पड़ गए हैं।

जो कोई मदद को आगे आता
मदद से पहले फोटो खिंचवाता
हाथ में दो केला रख दिये
मैं क्या खाता, क्या बचाता ।

गरीब हूँ, भिखारी नहीं
बेरोजगार हूँ, आलसी नही
बेघर, बेसहारा, मज़बूर हूँ
मैं, प्रवासी मज़दूर हूँ ।

अमीरों के शुभचिंतक हज़ार
परवाह करती है उनकी, सरकार
हमारी किसी को क्या पड़ी है
हम न वोट बैंक, न किसी के दोस्त-यार ।

मीलों का सफर चल के तय करना
पाँव में फूटे छालों को जमीं पे रखना
थकान मे चूर होकर लेटे सुस्ताने को
हासिल हुआ ट्रेन से कटकर मरना ।

रोटियां रखीं थी पास सुबह खाने को
खून के छींटे मिले उसको भिगाने को
हमारी जान का, कोई कीमत नही है
मर रहे हैं रोज़, जिंदा बच पाने को।

भले एक वक्त कम ही खायेंगे
लेकिन शहर लौटकर न जायेंगे
पढायेंगे-लिखायेंगे, मेहनत भी सिखायेंगे
पर अपने बच्चों को, मज़दूर न बनायेंगे ।

(19)

तुम खेत बेच आये हो

तुम खेत बेच आये हो
जिस खेत ने तुम्हें अन्न दिया,
धन - धान्य दिया
वो पारसमणि बेच आये हो,
तुम खेत बेच आये हो ।

जमी़ का वो टुकड़ा
जो सबसे कीमती था
उसकी क्या कीमत लगायी तुमनें ?
तुम्हारे पूर्वजों को सींचा जिसने
कुल का पहिया खींचा जिसने
उस मां को बेच आये हो
तुम, खेत बेच आये हो ।

शहर में सिमटने के लिए
गांव का फैलाव छोड़ आये हो
तुम खेत बेच आये हो ।

जो अन्न तुम उपजाते थे
बहुतों की भूख मिटाते थे
किसान, देश के प्राण कहलाते थे,
क्या सनक चढी जो शहर को भागे
पैकेट का अन्न खरीद कर खाते
क्या कभी ये सोच पछताये हो ?
तुम खेत बेच आये हो ।

मैं इसी शहर का वासी हूँ
खड़ी बोली का भाषी हूँ
बोली में कोई प्रेम नही है
जीवन का कोई aim नही है
न कुछ उपजा रहा हूँ
न कुछ शुद्ध खा रहा हूँ
विरासत में सिर्फ प्रदूषण मिला है
संघर्ष और कमी एक सिलसिला है

कितनी बार सोचा
सब छोड़ कर गाँव भाग जाऊँ
कुछ दिन तो बेहतर जी पाऊँ
और तुम, खेत बेच आये हो ।

(20)

नफरत और सम्बंध

इतनी नफरत क्यों फैली है
ये सोच कितनी जहरीली है
हम अपनो को ही काटते जायेंगे
अवसाद रिश्तों में बाटते जायेंगे
कितने, तन्हा हो जायेंगे
बिखरा घरौंदा फिर न बसा पायेंगें।

राजनीति, परिवारों में नही खेली जाती
अपनों से की गई, बुराई नही झेली जाती ।

समय सब देखता है
तुम्हारी ताकत भी, कम़जोरी भी
विपत्ति भी तभी भेजता है
जब सम्बन्धों मे खटास हो और दूरी भी।

नफरत का पौधा बिन पानी बढ़ जाता है
बहुत सोच-समझकर बोना
मिले तो प्रेम के फूल संजोना
नफरत का तो फल है - खोना।

सम्बंध भगवान का उपहार है
आपकी अद्दश्य शक्ति व आकार है
सम्बधों को तोड़कर कोई बड़ा नही बनता
सम्बंध ही आपका व्यक्तित्व है, व्यवहार है।

नफरत को मन से उखाड़ फेकिये
सम्बंधों मे मत बिगाड़ कीजिए
प्रेम लीजिए प्रेम दीजिये
प्रेम का व्यापार कीजिए।

नही तो ये नफरत, सब जला देगी
भाई - भाई मे आग लगा देगी
न कोई किसी का सगा होगा, न हितैषी
ये घर - घर में महाभारत दोहरा देगी ।

नफरत की ज्वाला प्रेम से बुझेगी
प्रेम से खीचेंगे तो सम्बंधों की रेखा बढेगी।

(21)

ये जात - पात का भेद क्यों
अमीर गरीब मे द्वेष क्यों
मुठ्ठी की अंगुलीयों से हम
आपस में फिर क्लेश क्यों ।

गुलाब के साथ काटें भी हैं
अंतर सब ने बाटे भी हैं
प्रकृति की भिन्नता मनोरम है
हमारी विविधता तो अनुपम है।

समझो हमारा वर्गीकरण
कर्म जिसका आधार है
कोई ऊँचा कोई नीच कैसे हो गया
जब सबका समान अधिकार है।

ब्राह्मण ज्ञानी-ध्यानी है
वो मूर्ख है, जो अभिमानी है
क्षत्रिय का धर्म है रक्षा
इसकी उसकी सबकी सुरक्षा।

वैश्य व्यापार का पूरक है
प्रगति का वो पग-पग है
क्षूद्र तो कर्ता-धर्ता है
हर आवश्यकता का भर्ता है।

ये कितनी पारदर्शी व्यवस्था है
चार स्तम्भों की उत्तम व्यवस्था है
क्यों अपनी संस्कृति हम नही समझे
भेद -भाव से कुंठित मनोव्यथा है।

क्या जीवन-मृत्यु भेद करते हैं
क्या पशु-पशु से अंतर रखते हैं
क्या हम विवेकशून्य हो गये हैं
जो स्वयं को यूं ही विभाजित करते हैं।

(22)

हम लोभ मे लीन हैं
धर्म से विहीन हैं
है विलुप्ति की ओर अग्रसर
सभ्यता, जो सबसे प्राचीन है

हम आदर - सतकार भूले
प्रेमपूर्वक व्यवहार भूले
स्वार्थ के दलदल मे धँस रहे
त्याग और परोपकार भूले

समाज- संस्कृति नकारते हुये
दायित्व कंधे से उतारते हुये
एकाकी जीवन का पथ साधकर
अपनो से अलगाव स्वीकारते हुये

भ्रमित, कुंठित, निर्लज्ज होकर
मर्यादाओं की रेखायें धोकर
विनाश को आमंत्रण देकर
प्रसन्न हो रहे लघु लाभ पर

काँटों के बीज बो रहे हम
फल की कामना कर
अधर्म युक्त कर्म कर रहे
सुख की लालसा कर

निर्मम, निर्दयी, क्रूर हुये
घमंड मे अपने चूर हुये
परमात्मा का हाथ छोड़ कर
आत्मा से अपनी दूर हुये

हमें आध्यात्म की ओर जाना होगा
सत्य का मार्ग अपनाना होगा
मुक्ति का एक मात्र उपाय
प्रभु की शरण मे आना होगा

नियति अटल सुनिश्चित है
पाप का अंत निश्चित है
दुष्कर्म विनाश ले आते हैं
हर काल ये रीति प्रचलित है ।

(23)

क्योंकि तुम्हें खुश रहना नही आता
और जिन्हें आता है
वो हर हालात मे खुश रह लेते हैं
भूख मे-प्यास मे खुश रह लेते हैं
गर्मी मे-बरसात मे खुश रह लेते हैं
छोटी-छोटी हर बात मे खुश रह लेते हैं

रूठ जाने के हजार बहाने हैं
मुस्कुराने मे छुपे, कई खज़ाने हैं
जिदंगी कोई गैर नही है
इसका तुमसे कोई बैर नही है
इसे प्यार अपनाओ, गले लगाओ
माँगना छोड़ दो जिदंगी से
इसके पिटारे मे बहुत कुछ है,तुम्हारे लिए

ये गम़, चिंता, परेशानी
सब मौसम की तरह है
वक्त अपनी रफ्तार से चल रहा है
सब बदलेगा और बदल रहा है

यूं उदास मन, थकी उम्मीदें
बिखरे-बिखरे दिन, टूटी हुयी नींदें
तुम्हारी उम्र का एक बड़ा हिस्सा खा जायेंगे

शांत स्वभाव, खुश-मिज़ाजी
होंठों पे मुस्कान, जिंदादिली
जिदंगी को सुंदर और बेहतर बनायेंगें

तो खुश रहो, खुशीयाँ तुम्हारे भीतर है
बाहर तो हवा है, सास तुम्हारे भीतर है
ज़मी है ग़मों की, आकाश तुम्हारे भीतर है
वक्त कहीं नही है, अवकाश तुम्हारे भीतर है

क्योंकि मुझे खुश रहना आता है
और जिन्हें खुश रहना आता है ....

(24)

आखें देखती रहतीं हैं

वक्त गुज़र जाता है
आखें देखती रहतीं हैं
सब बदल जाता है
आखें देखती रहतीं हैं

कुछ चेहरे नये पास आते हैं
कुछ बहुत दूर निकल जाते हैं
यूं कितने ही दिन ढल जाते हैं
तारिखों के कैलेंडर बदल जाते हैं

बचपन जो जवानी की सीढियां चढता है
वो बुढापे की फिसलन पर भी पैर रखता है
ये सब यूं ही चलता रहता है
और आखें देखती रहतीं हैं

कोई हमसफ़र भी मिलता है
कोई हमसे सफर मे मिलता है
कोई रूठकर चला जाता है
कोई अचानक भी बिछडता है

जिदंगी एक रास्ते से दोबारा जरूर गुज़रती है
हम यादों मे खो जाते हैं,
पर आखें देखती रहतीं हैं

पर्दों को किरदार बदलते देखती है
लोगों के वयवहार बदलते देखती है
ज़मी को बार बार बदलते देखती है
सभ्यता के विचार बदलते देखती है
सूरते परिवार बदलते देखती है
जिस्म का आकार बदलते देखती है
ज़िन्दगी हर मोड़ करवट बदलती है
इक नयी चाल चलती है
हम अपनी उदेड़-बुन लगे रहते हैं
मगर आखें देखतीं रहती हैं।

(25)

फर्क मिटा दो

इंसानी लिबास पहने, हर शख्स का
नाम एक ही रख दो
मंदिर मस्जिद गुरुद्वारे की
छत एक ही कर दो ।

जब लहू - लहू मे फर्क नही
दर्द के एहसास मे फर्क नही
धडकन मे - साँस मे फर्क नही
ज़मीन सबने बाँटी है मगर
किसी के आकाश मे फर्क नही

.....तो मिटा दो ये सरहदें
जो कुछ जुनूनी लोगों ने बनाई है
कानूनी लोगों से मनवायी है.....

....और गिरा दो ये दीवारें
जो फर्क बनाती है, घर नही
मंदिर मस्जिद बनाती हैं, रब नही..

जला दो ये काग़ज़ के टुकड़े
जो इंसान को अमीर गरीब बनाते हैं
एक दूसरे से दूर, और
किसमत के करीब ले जाती है ।

तौल दो सबको सोने मे
क्यूँ कोई हीरा -कोई कोयला रहे
फर्क मिटा दो आँखों से
क्यूँ कोई गोरा रहे - कोई काला रहे ।

(26)

शहर इलाहाबाद

विविधताओं का मिलन जिस घाट हुआ
वो संगम, शहर इलाहाबाद हुआ

जहाँ पंत, निराला, महादेवी का वास हुआ
वो सहित्यिक कैलाश, इलाहाबाद हुआ

जिस जमीं पर चन्द्रशेखर ,आजाद हुआ
वो आजाद शहर, इलाहाबाद हुआ

जहाँ मज़हबी रिश्ता हर पल शादाब हुआ
वो आफताब शहर, इलाहाबाद हुआ

अकबर का किला, नैनी का पुल
आनंद भवन, इलाहाबाद विश्वविद्यालय
Coffee house, संगम के घाट
पत्थर गिरजाघर, इलाहाबाद उच्च न्यायालय
पहचान हैं इलाहाबाद की
शहर सुकून से आबाद की

अनूठी यहाँ की बोली - भाषा
अनूठा, दही - जलेबी का नाश्ता
चौकियों से सजा दशहरा अनोखा
हाइकोर्ट रोड का, बेहतरीन लिट्टी - चोखा

एक इतिहास समेटे खुद मे
सभ्यता की चादर लपेटे हुये
पूरब का Oxford लिये गोद मे
कर्क रेखा के सीने पर लेटे हुये

है गंगा - यमुना के घाट किनारे
सबको सदियों से जो तारे
कुम्भ नगरी ये जगत विख्यात
इलाहाबाद, हुआ अब प्रयागराज....।

(27)

हौंसलों से भरा हूँ .... मैं

अभी जीवित हूँ मरा नही
अनिश्चितताओं से डरा नही
हौंसलों से भरा हूँ ... मैं

टूटा नही सो हारा नही
पीछे मुडना गवारा नही
बेजोड़ अभी खड़ा हूँ ... मैं

पास मेरे विश्वास है
हाथों मे आकाश है
पाँव जमीं पर हैं मेरे
हर कदम एक प्रयास है

मुश्किलों से लडूँगा मैं
पवर्तों पर चढूँगा मैं
पत्थरों को काटकर
नदी की तरह बहूँगा मैं

असफलताओं से न रूकूंगा मैं
सफलताओं पर न झुकूंगा मैं
ये जीवन धारा सतत है तो
निरंतर प्रवाह बहूँगा मैं

प्राण है मुझमें, कार्यान्वित हूँ
प्रमाण है ये, कि जीवित हूँ
आशा है किरण, सूर्य हूँ मैं
निराशाओं से सदा, अपराजित हूँ

प्रण है, जीवन व्यर्थ न जाये
कर्म से ये, उद्धरण बन जाये
जीऊँगा ऐसे योगी की तरह
जीवन त्याग का परयाय बन जाये ।

(28)

सुकून की जेबें ख़ाली हैं
दिन के पर्दे थोड़े फटे से
शाम झाँकती है सूराख़ों से
नींद के किनारे थोड़े कटे से ।

साया आजकल, पूरा उतरता नही
आईना मुझसे, बात करता नही
रास्ते ढूँढ़ता हूं, मैं रास्तों पर
मंजिलों से मेरा कोई वास्ता नही।

तन्हाई, रोज़ किवाड़ खटखटाती है
मैंने पता ही ग़लत, बताया है उसको
पता करो, वो नुक्कड पर कौन बैठा है
मैं रोज आते-जाते, देखता हूं उसको।

चाय अब कुल्हड़ में नही मिलती
खुशियाँ, दो-तीन हफ्ते भी नही चलतीं
नये मकानों में, आँगन नही मिलती
छत की सीढियाँ अब पैरों में नहीं पड़ती ।

बीच बाजार में क्या बिकता है?
रुपया भी वहां कुछ पल टिकता है
मरहम की दुकान, खुल गई है क्या
अमीरी में हर ज़ख्म, छुपा दिखता है ।

कुछ ख्वाहिशें उभरी हैं, बिना स्याही के
अँगुलियों से छूकर पढ़ता हूं उन्हें
ये ज़ायका पुराने आचार सा है
लफ्जों के मर्तबान में रखता हूँ इन्हें।

(29)

मौत अचानक ही आयेगी

मौत अचानक ही आयेगी
किसी तैयारी का मौका नही होगा
पूरी जिंदगी आखों के सामने से गुजर जायेगी
मौत अचानक ही आयेगी

जीवन की नाव एक क्षण मे डूब जायेगी
समय के सागर मे , कोई कब तक तैरेगा
मौत की लहर, किनारे तक ले आयेगी
मौत अचानक ही आयेगी

एक पूरी उम्र , दो तारिखों मे सिमट जायेगी
आखिरी तारिख का किसको पता होता है
बाकी हर तारिख अतीत मे खो जायेगी
मौत अचानक ही आयेगी

न दौलत तुम्हारे काम आयेगी
न शोहरत तुम्हें बचा पायेगी
रोते हुए जरूर आये होगे,
लेकिन अचानक हसीं न आयेगी
पर मौत , मौत अचानक ही आयेगी

सारा किया धरा रह जायेगा
ग़लत सही सब याद आ जायेगा
बंद मुठ्ठी मे रेत भी रूकेगी,
मगर जिदंगी फिसल जायेगी
मौत अचानक ही आयेगा

कोई बल काम न आयेगा
गिरोगे , कोई थाम न पायेगा
कोई दाँव न चल पायेगा
कोई युक्ति काम न आयेगी
मौत, अचानक ही आयेगी

उस परमसत्य से घबराना नही
भागना - खुद को छिपाना नही
सब कुछ भूलकर गले लगाना इसे
ये एक नये सफर पर ले जायेगी
मौत अचानक ही आयेगी।

(30)

प्रतिबिंब

कुछ तो कहीं से ढूंढ ला, जो मेरा हो
नाम, पहचान, शक्ल, हाथों की लकीरें
या वो आईना
जिसमें मैं दिखू, मेरा प्रतिबिंब नही

मैं क्या हूँ,
एक शरीर, एक आवाज
या इनसे परे कुछ और
और कब तक इस बात से अनजान रहूँ
कि, मैं क्यूँ हूँ

क्यूं मैं बाहर नहीं झाकता
इन जरूरतों के जंजाल से
सारी उम्र इच्छायें मिटती नही
मैं बराबर हूँ एक कंगाल के

मेरे आसुओं पर रिश्तौ की मोहर रहती है
मेरे कर्मों की इमारत, स्वार्थ की नींव पर बनती है
मैं देते हुए सोचता हूँ, लेते हुए नही
मुझे बटोरना पसंद है, बाटना नही

मैं जब पालने मे था, मुझमें सब कुछ मेरा था
चिता की बारी आयी तो, मुझमें मेरा कुछ भी नही
न नाम, न पहचान, न शक्ल, न हाथों की लकीरें

आखें बुझते - बुझते भी खुद को नही देखा
सारी उम्र देखा क्या, अपना प्रतिबिंब ।

(31)

घमंड

घमंड साथ - साथ रहा
घमंड साथ - साथ चला
जब भी कुछ अच्छा किया
ये घमंड मुझपे हावी हुआ

घमंड डुबोये राज - पाठ
घमंड मिले हर घाट - घाट
नम्रता का कवच ओढ लो
घमंड की है , बस इतनी काट

घमंड का है रुप विकराल
घमंड भिगोये बाल - बाल
घमंड खा गया , जब रावण को
हम तो हैं बस नर - कंकाल

अर्जुन अद्वितीय धनुर्धर था
उसने जीता महा रण था
सशरीर वो स्वर्ग चला जाता
यदि घमंड पर विजय पा जाता

ये मनुष्य पर जन्म जात विपत्ति है
सफलता मे इसकी उत्पत्ति है
कंगाल हो गया सदा ही वो
संजोयी जिसने ये संपत्ति है

हनुमानजी का बल सदा ही प्रबल है
घमंड उनके समझ पराजित है, निर्बल है
घमंड के प्रभाव से , जो अप्रभावित है
योग्यता वो श्रृष्टि मे प्रसिद्ध है, अचल है

कर्मो की पुँजी नम्रता से जोडो
उसमे ही होती वद्धि है
घमंड से कभी न मित्रता करना
इससे नष्ट होती रिद्धि - सिद्धि है।

(32)

सरोकार

किसी को किसी से सरोकार नही
यहां किसी को किसी से प्यार नही
मतलब की जिंदगी जीते हैं सब
किसी पे किसी का उपकार नही।

जो सीधा है , वो साधारण है
जो सच बोलो तो भाषण है
प्रेम का दिखावा है केवल
स्वार्थ छिपा हुआ कारण है।

नामचार को व्यवहार है
प्रणाम भी आवश्यकतानुसार है
मनुष्यता को ही अनदेखा कर रहे
ये कैसा शिष्टाचार है।

वसुधैव कुटुमभकम् का नारा है
कुटुमभ से पहले हम, और हमारा है
ये किस मार्ग पर चल पड़े हैं हम
आगे रात है केवल, न चांद है- न तारा है।

अपनो का दायरा घटता जा रहा है
ये शब्द और सिमटता जा रहा है
परिवार के उज्जवल आसमान पर
अकेलेपन का सूर्य चढता जा रहा है।

क्या मालूम,भविष्य क्या होगा
हाँ पर सबका अपना-अपना होगा
सिर्फ मैं रहूंगा और मेरा होगा
न कोई दायें होगा, न बायें होगा।

(33)

समझ नहीं आता,
वो पतगं उडाने वाले दिन कहा गये
साइकिल से रेस लगाने वाले दिन कहा गये
Uniform पहनने, school जाने वाले दिन कहा गये
दोसतो की tiffin से,अचार चुराने वाले दिन कहा गये।

समझ नहीं आता,
National tv पे अब, शक्तिमान कयो नहीं आता
Music channels पे , चित्रहार जितना मज़ा आता
आईस पाईस खेलने के लिए कोई नहीं बुलाता
कोई बारिश मे , कागज़ की नाव नहीं तैराता।

पता नहीं चला,
कब रास्तो पर मंजिलें ढूंढने लगे
घर छोड़कर बाहर कहीं रहने लगे
बचपन की दहलीज लाघं आगे बढ़ चले
जरूरतो की दौड़ में हम भी दौड़ने लगे।

पता नहीं चला,
कब मेलों की जगह malls ने ले ली
चाट के ठेलों की जगह Mac d ने ले ली
कब यादों से निकलकर, हम Fb पर रहने लगे
सामने से न मिलकर Wtsup पर मिलने लगे।

यूँ ही दौर बदलता रहा
तो जाने कल कया दिन आएगा
तकनीक ही तकनीक रह जाएगी
इंसान मशीन कहलाएगा।।

(34)

मैं इंसान ही बेहतर हूँ

मुझे किसी औहदे की चाहत नही है
मुझे किसी दौलत का लालच नही है
मैं फर्क नही करता , किन्ही दो सूरतों मे
मुझे किसी के साथ की आदत नही है

मै अकेला ही चलता हूँ
सफर मेरी तकदीर है
रिश्ते - नाते तो सब झूठे हैं
सच्ची सिर्फ हाथों की लकीर हैं

धर्म-जाति के धागों में , मुझको क्युं पिरोया है
इन खोखले रीति-रिवाजों से बाहर निकालो
मैं आज़ाद हूँ , आज़ाद रहने दो
मेरे पैरों मे , ये बेडियां मत डालो

मैं इंसान हूँ, मुझे इंसान ही रहने दो
मैं बाटँता हूँ दर्द किसी का,तो सहने दो
मेरा मकसद है इंसान के काम आना
और इंसानियत के मज़हब पर ही मिट जाना

कोई यहाँ अमीर है,तो कोई गरीब है
कोई बहुत ऊंचा है, तो कोई नीच है
हैरत है!कोई इंसान नही है यहाँ
कोई दल मे जुटा है, तो कोई कौम मे शरीक है।

क्या जग में विचारों का मोल नही
क्या किसी का व्यक्तित्व अनमोल नही
क्या कायदे-कानून इंसान से भी ऊंचे हैं
क्या दुनिया में, सबसे कीमती सच्चे बोल नही।

मुझे मेरी राह-चलने दो
मैं मुसाफिर ही बेहतर हूँ
मुझे इंसान ही रहने दो
मैं इंसान ही बेहतर हूँ।।

9 789354 729102

Printed by Libri Plureos GmbH in Hamburg,
Germany